Ein Bilderl.

1, 2, 3
Zahlen fliegt herbei

Mit Bildern von Michael Schober
Erzählt von Ingrid Uebe

Ravensburger Buchverlag

1

Es war einmal 1 🐸.

Der wohnte in einem großen 🪷

zwischen grünem 🌿 und

weißen 🪷. Da ging es dem 🐸

sehr gut. Mit seiner langen 👅 fing er

die leckersten 🪰.

Mit seinen großen 👀 beobachtete

er die schönsten 🦟. Tagsüber

quakte er zur goldenen ☀ hinauf

und nachts zum silbernen 🌙.

Leider fühlte sich der ab

und zu schrecklich allein. Das

tat ihm weh, die wurden ihm

feucht und die schmeckten

ihm nicht mehr. Der hockte

traurig auf einem und sah auf

den  hinaus. Da schwammen

 und blickten freundlich

herüber. „He!", rief der . „Ich will

mit über den schwimmen."

„Warum nicht?", riefen die .

Da sprang der zu ihnen in den

 und schwamm mit

den überall hin. Erst als

die sank, kehrte er heim.

Bald darauf saß der wieder

auf seinem und war traurig.

Nicht weit entfernt lag ein .

Der  sprang hinein und nahm

die . Dann ruderte er hinaus

auf den . Auf einmal sah er

3 bunte . Die tauchten

unter die und noch tiefer

hinab. „He!", rief der . „Lasst

mich mit unter die Seerosen tauchen."

Die winkten ihm freundlich

mit ihren . Da hüpfte der

 aus dem  und gleich

zwischen die . Er und die

 tauchten überall hin.

1 2 3 4

Als die ☀ hinter die ⛰ sank,

war der arme 🐸 wieder allein.

Er saß auf seinem 🪨 und lauschte,

wie die 🐦🐦 so herrlich sangen.

Doch als der 🐸 ganz still dasaß,

kamen 4 🐦🐦🐦🐦 geflogen

und setzten sich vor seine 🦵.

Oh, wie fröhlich pochte sein ❤ !

„Sing mit uns!", riefen die 🐦🐦.

Und der 🐸 quakte begeistert mit.

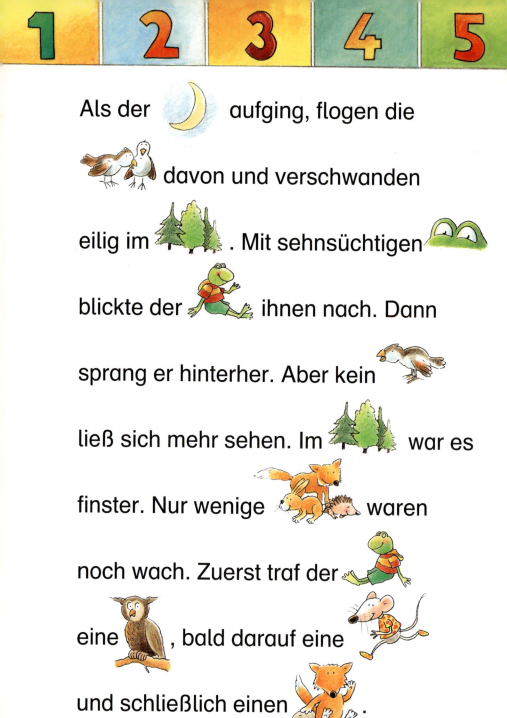

Doch irgendwann waren die verschwunden. Der setzte sich unter die breiten einer uralten  und ruhte sich aus.

Plötzlich traf ihn ein .

Der 🐸 blickte nach oben. Er entdeckte 6 🐿️🐿️🐿️. Die hatten spitze 👂 und buschige 🦝. Sie kletterten auf und ab und warfen mit 🌰. „Komm rauf!", riefen die 🐿️. „Oder brauchst du vielleicht eine 🪜?" Der 🐸 lachte nur und kletterte ohne 🪜 flink in die 🌲. Da staunten die 🐿️ sehr.

Der fragte: „Geht ihr mit mir spazieren?" Das wollten die  sehr gern. Alle verließen das  und liefen am entlang. Dann mussten die  leider zurück.

Der 🐸 hüpfte über den 〰️.

Drüben warteten 9 🐭🐭🐭🐭🐭.

„Was wollt ihr?", fragte der 🐸.

„Wir wollen spielen!", riefen die 🐭.

„Wir verstecken uns im 🌱 oder hinter einem 🪨 oder in einem 🕳️. Und du musst uns suchen."

„Au ja", sagte der 🐸. Darauf hielt er sich schnell die 👀 zu und die 🐭 versteckten sich.

Der  und die  spielten zusammen, bis die  aufblinkten.

Da rief die größte plötzlich:

„Vorsicht, die  kommen!" Und

wie der  waren alle  weg.

Als die ☀ ihn weckte, rieb er sich die 👀. Alle 🐱 waren fort. Der arme 🐸 lag allein im 🌱 unterm 🌳. Doch neben ihm stand ein 🧙 und lachte ihn an.

Oben auf dem 🌳 wuchsen lauter Zahlen. Der 🧙 pflückte eine dicke O und berührte sie mit seinem 🪄. Da begann es vom 🌳 zu regnen. Es regnete 10 🐸, 20 🦆, 30 🐟, 40 🐦, 50 🐰, 60 🐿️, 70 🧑‍🎄, 80 🐕, 90 🐭 und 100 🐱. Von diesem 👀-blick an war unser 🐸 nie mehr allein.

| 60 | 70 | 80 | 90 | 100 |

Die Wörter zu den Bildern:

Frosch    Sonne

Teich   Mond

Schilf   Herz

Seerosen   Stein

Zunge   Enten

Fliegen   Boot

Augen   Ruder

Libellen   Fische

Flossen		Bach	
Berge		Äste	
Vögel		Tanne	
Füße		Tannenzapfen	
Wald		Eichhörnchen	
Tiere		Ohren	
Eule		Schwänze	
Fuchs		Leiter	
Hasen		Haus	
Bein		Zwerge	

| 10 | 20 | 30 | 40 | 50 |

Tisch

Fluss

Teller

Mäuse

Becher

Gras

Köpfe

Loch

Hacke

Sterne

Schaufel

Katzen

Laternen

Blitz

Dorf

Pfoten

Kirche

Wiese

Hunde

Bett

Baum  Null 0

Zauberer Zauberstab

2 3 4 5   05 04 03 02

© 1999, 2002 Ravensburger Buchverlag
Otto Maier GmbH
Illustrationen: Michael Schober · Text: Ingrid Uebe
Printed in Germany
ISBN 3-473-33423-5
www.ravensburger.de